Charles Richardot

Relation de la campagne de Syrie

Antigonos

Charles Richardot

Relation de la campagne de Syrie

Réimpression inchangée de l'édition originale de 1839.

1ère édition 2024 | ISBN: 978-3-38605-748-6

Antigonos Verlag est une marque de Outlook Verlagsgesellschaft mbH.

Verlag (Éditeur): Outlook Verlag GmbH, Zeilweg 44, 60439 Frankfurt, Deutschland
Vertretungsberechtigt (Représentant autorisé): E. Roepke, Zeilweg 44, 60439 Frankfurt, Deutschland
Druck (Imprimerie): Libri Plureos GmbH, Friedensallee 273, 22763 Hamburg, Deutschland

RELATION

DE LA

CAMPAGNE DE SYRIE.

IMPRIMERIE DE MOQUET ET COMP.,
rue de la Harpe, N° 90.

RELATION

DE LA
CAMPAGNE DE SYRIE,

SPÉCIALEMENT

DES SIÉGES DE JAFFA

ET DE

SAINT - JEAN - D'ACRE,

PAR UN OFFICIER D'ARTILLERIE DE L'ARMÉE D'ORIENT.

(AVEC UN ATLAS COMPOSÉ DE PLANS, CARTES ET VUES.)

PARIS,
J. CORRÉARD J. ÉDITEUR D'OUVRAGES MILITAIRES,
RUE DE TOURNON, Nº 20.

1839

AVANT-PROPOS.

Une relation de la campagne des Français en *Syrie* n'est, en réalité, que la relation des siéges de *Jaffa* et de *Saint-Jean-d'Acre*.

Tel est, en effet, l'objet principal que nous nous sommes proposé.

Nous n'hésitons pas à le dire, il n'existe pas encore de récits exacts de ces siéges, mémorables à divers titres, et, par cette raison même, plus dignes de l'attention de l'histoire.

Notre relation diffère donc et diffère essentiellement de toutes celles qui ont paru jusqu'à ce jour : c'est là précisément le motif qui nous décide enfin à la publier.

Nous rapporterons succinctement ce qui s'est passé dans ces deux principales opérations du corps d'armée d'expédition en Syrie. Nous dirons très exactement ce qui est, ce que nous savons parfaitement ; ce que nous avons vu ; ce que certainement nous avons très bien vu, bien observé, et ce qui faisait le sujet de tous nos entretiens sur les lieux mêmes.

Nous rétablirons ainsi des faits importants, entièrement dénaturés dans tous les ouvrages historiques sur l'*armée d'Orient*.

Il ressortira de la consciencieuse appréciation de ces faits, cette principale vérité : que généralement on a exagéré les moyens employés par les auxiliaires européens de *Djezzar-*

Pacha pour la défense d'Acre, et qu'on ne les a exagérés que pour mieux couvrir et dissimuler les fautes nombreuses que l'on a commises dans l'emploi des moyens d'attaque.

Nous avons donc lieu de croire que si nos simples récits sur un sujet aussi grave et déjà si loin de nous, obtiennent la confiance que nous savons qu'ils méritent, nous aurons rendu un véritable service à l'histoire de l'art ; nous aurons satisfait à ce qui est dû à la renommée de cette valeureuse et infatigable armée d'Orient, dans sa campagne de Syrie. campagne qui, avec raison, est considérée comme malheureuse.

Si pour cela, nous avons différé jusqu'à ce jour, c'est que nous espérions qu'une plume plus exercée que la nôtre viendrait remplir cette tâche. Nous avions d'autant plus de raison de l'espérer, que tous les militaires qui ont pris part aux siéges de Jaffa et de Saint-Jean-d'Acre, n'ont vu et n'ont pu voir que ce que nous avons vu nous-mêmes; par conséquent, ils ont dû, ainsi que nous, être étrangement surpris de trouver, dans tous les ouvrages sur l'expédition d'Egypte, des récits, sur ces deux siéges, aussi contraires aux faits, et, par suite, à la réputation bien connue de valeur et de bravoure de nos troupes de l'armée d'Orient.

Nous en appelons encore, à ce sujet, aux vétérans, rares aujourd'hui, de cette armée : si leur mémoire peu fidèle s'était habituée à substituer aux faits mêmes, les récits captieux dont ces faits ont été l'objet, notre relation y ferait certainement revivre la première impression, et leurs témoignages ne pourraient que confirmer nos assertions.

RELATION

DE LA CAMPAGNE

DE SYRIE,

SPÉCIALEMENT

DES SIÉGES DE JAFFA

ET

DE SAINT-JEAN D'ACRE.

SECTION PREMIÈRE.

Préparatifs de l'expédition. — Départ de l'armée. — Itinéraire et situation dans le désert. — Attaque d'El-Arisch. — Reddition du fort — Position avantageuse d'El-Arisch. — Fausse direction au départ d'El-Arisch. — Surprise fortuite de nuit. Ralliement de l'armée. — Arrivée à Gaza. — Changement de climat.

Février 1799. — Pluviôse an VII.

Peu après la pacification de la basse Égypte, le bruit d'une expédition en Syrie se répandit au quartier-général du Caire, et chacun se préparait à cette campagne : les troupes y préludaient par de nouveaux exercices.

L'infanterie, forte de son expérience, s'exerçait à perfectionner encore son système de défense contre la cavalerie. Par exemple, on démontrait aux soldats que deux hommes, placés dos à dos, la baïonnette au bout du fusil, pivotant au besoin sur eux-mêmes, pouvaient se défendre contre deux cavaliers; trois hommes placés de même résistaient à trois et quatre cavaliers; quatre hommes à un plus grand nombre; six hommes deviennent redoutables, ils peuvent toujours avoir deux coups à tirer; huit hommes, c'est le véritable type du bataillon carré; ils présentent un front égal de tous côtés, et peuvent toujours avoir quatre coups à tirer.

On essayait l'emploi de petites piques de 4 pieds et demi, qui se fichaient en terre et s'y maintenaient réciproquement au moyen d'une petite chaînette en fer fixée à chacune d'elles, et se liant d'une pique à l'autre. Ces piques formaient ainsi une sorte de palissade devant le front des carrés. Elles furent portées en Syrie; chaque soldat avait la sienne placée en sautoir derrière son épaule gauche. La division Kleber s'en servit à la bataille du Mont-Thabor. Pas une seule ne fut rapportée en Égypte (1).

La cavalerie, entièrement montée, s'exerçait sans relâche au maniement de ses chevaux arabes et de la lance, à l'imitation des Mameloucks. Un régiment de dromadaires s'organisait, et ses nouveaux cavaliers devaient être les véritables dragons de l'armée.

L'artillerie préparait son matériel et organisait ses atte-

____

(1) L'histoire nous dit que ce même moyen fut employé par Bajazet, à la bataille de Nicopolis en 1396.

lages. Les chevaux du pays étaient exercés au tir des voitures ; on y essayait même de jeunes chameaux avec la bricole ; car les chevaux arabes , tous entiers , se pliaient difficilement au joug soit du collier, soit de la bricole. Les chameaux se montrant plus dociles , on avait le projet d'en atteler toutes les voitures du parc. Néanmoins un bon nombre de ces précieux quadrupèdes devaient être employés comme bêtes de somme.

Se rendre maître de St.-Jean d'Acre était l'opération importante de la campagne ; mais on n'avait sur l'état des fortifications de cette place que des renseignements incertains. Un officier, envoyé par le général en chef à Ahmed-Djezzar, pacha de Syrie, avait pour mission secrète et spéciale de s'assurer, autant que possible, de l'état des choses à ce sujet, et particulièrement si l'ancienne Ptolémaïs était ceinte d'un fossé. Mais cet officier, renvoyé avec mépris et sans réponse , n'avait même point été admis à débarquer. Ainsi , on restait dans l'incertitude comme auparavant : tout ce que l'on savait, c'est que St.-Jean-d'Acre n'avait qu'un simple mur d'enceinte flanqué de tours. Dans tous les cas ne pouvant conduire au plus que du canon de 12 dans le désert, on donne l'ordre, à Alexandrie, d'y faire embarquer quatre pièces de 24 et les munitions nécessaires à leur service.

C'est au milieu de ces préparatifs qu'on apprend que la Porte ottomane, contre l'avis de son Visir, a déclaré la guerre à la France; que des troupes se rassemblent en Syrie, où Ibrahim, bey d'Egypte, s'est retiré ; enfin que Djezzar-Pacha a fait occuper le fort d'El-Arisch, situé à l'extrême frontière de l'Egypte, sur l'Itsme de Souez. Bientôt les ordres de départ sont donnés aux différents corps qui doivent faire partie de l'expédition.

Le corps d'armée était composé de quatre divisions d'infanterie et d'une brigade de cavalerie.

La division Regnier, formée des 9e et 95e demi-brigade, une compagnie de hussards, et une compagnie du 4e régiment d'artillerie à pied, qui déjà occupait *Belbéis* et *Saléhich*, formait l'avant-garde : le général Lagrange commandait la brigade.

Le général Kléber, qui occupait *Damiette*, avec les 25e et 75e demi-brigade d'infanterie de ligne, et qui devait recevoir plus tard la 21e demi-brigade d'infanterie légère, la 1re compagnie du 1er régiment d'artillerie à cheval, et un escadron de cavalerie, eut ordre de s'embarquer sur le lac Menzaléh pour débarquer à *Tinéh* et de là prendre la direction de *Cathiéh*. Le général Kléber avait sous ses ordres les généraux de brigade Vernier et Junot.

Les divisions Lannes et Bon, la brigade de cavalerie et le parc d'artillerie partirent successivement du Caire.

La division Lannes se composait des 13e et 69e demi-brigade d'infanterie de ligne, 22e demi-brigade d'infanterie légère, et une compagnie du 4e régiment d'artillerie à pied. A cette division étaient attachés les généraux de brigade Vaux, Robin et Rambeau.

Le général Bon avait sous ses ordres les généraux de brigade Rampon et Vial, avec les 28e et 32e demi-brigade d'infanterie de ligne, la 4e d'infanterie légère et une compagnie du 4e régiment d'artillerie à pied.

La brigade de cavalerie, commandée par le général Murat, formait environ mille hommes, y compris une compagnie d'artillerie à cheval du 2e régiment et un escadron de dromadaires.

La force de ce corps d'armée était de douze à treize mille hommes.

L'artillerie de chaque division se composait de deux pièces de 8 et deux obusiers de 6 pouces.

Le parc d'artillerie conduisait quatre pièces de 12 , quatre pièces de 8 , cinq obusiers et trois mortiers de 5 pouces.

Le général de division Dommartin commandait l'artillerie. Il avait sous ses ordres :

Le général de brigade Andréossy,

Les chefs de brigade Tirlet et Fouler ,

Les chefs de bataillon Danthouard et Mongenet.

Le général de division Caffarelly-Dufalga commandait le génie. Il avait sous ses ordres :

Le chef de brigade Detroyes ,

Le chef de bataillon Sançon.

Le quartier-général partit du Caire le 22 pluviôse an VII (10 février 1799).

Voici un court itinéraire de notre marche d'Égypte en Syrie.

Du Caire à *Birket-el-Adjy* (lac des Pélerins), une petite journée , toujours dans le sable. Les environs de ce lac sont en belle culture.

De Birket à *Belbéis* , petite ville ; une journée. Toutes les terres en culture.

De Belbéis à *Koraïm* , beau village ombragé de beaux arbres touffus. Belle culture.

De Koraïm à *Saléhièh* , très grand village , auquel on donne le titre de *ville* , entouré d'une vaste plantation de palmiers ; une forte journée : on marche sur la lisière du désert. A gauche, de très beaux villages. Les terres bien cultivées.

De Saléhièh à *Kantara*, chétif hameau dans le désert : eau saumâtre et en petite quantité; sable très mouvant depuis Saléhièh.

De Kantara à *Kathièh*, où se trouve un puits d'une eau très saumâtre, enfermé dans une redoute, gardée ordinairement par une tribu d'Arabes. Sable très mouvant.

De Kathièh au puits de *Bir-el abd*.

Bonaparte, pendant la journée, avait été informé qu'une attaque sérieuse et sans résultat important, avait eu lieu contre *El-Arisch*. Fort mécontent de cette nouvelle, et pressé de connaître le véritable état des choses, il veut arriver le soir même à El-Arisch. Il ne fait donc qu'une courte halte au puits de Bir-el-abd, qui d'ailleurs, était, pour ainsi-dire, à sec, et, monté alternativement sur un dromadaire et sur un cheval, il traverse toujours au grand trot ou au galop, une longue suite de dunes d'un sable extrêmement mouvant, hérissées d'une espèce de ronces très ténues et trainantes, et n'arrive qu'à onze heures du soir au puits de *Messoudièh*, où il est contraint de s'arrêter et de passer le reste de la nuit, tous ceux de sa suite étant harassés de fatigues et tous les chevaux étant sur les dents.

Le lendemain, à dix heures du matin, il arrive à El-Arisch.

Le général Reynier, aussitôt arrivé devant El-Arisch avec sa division, avait attaqué et emporté d'assaut le village de ce nom et refoulé la garnison dans le fort.

Une attaque de vive force, pour enlever le village, pouvait ne pas être nécessaire, et l'on épargnait des hommes. Dans le cas contraire, il fallait ou attendre l'arrivée du parc d'artillerie, afin de pouvoir battre le fort et profiter ainsi

de la surprise et de la confusion de la garnison, ou être
assuré d'enlever en même temps le fort sans coup férir.
Les choses s'étant passées contrairement à ces principes,
l'attaque avait été intempestive ; le succès qu'on avait ob-
tenu était illusoire, et d'ailleurs il ne pouvait dans aucun
cas compenser la perte de plusieurs braves français.

Un brillant succès, que le même général, secondé d'une
partie de la division Kléber, venait de remporter sur un
corps de Mamelouks, arrivant avec un convoi pour la garnison d'El-Arisch, était pour lui une heureuse diversion
qui calmait un peu l'humeur du général en chef. Toutefois il reçut très froidement le général Régnier, et celui-ci, ardent et calme dans le combat, mais d'un caractère
doux et même timide, parut très affecté de cette froide
réception.

Le parc d'artillerie arrivé devant El-Arisch, deux pièces
de 12 sont immédiatement mises en batterie contre le
fort, et dès le lendemain la garnison consent à entrer en
pourparlers pour une capitulation. Le 19 février la conven-
tion est signée, avec la condition que la garnison, forte de
300 hommmes (1), conservera ses armes avec la giberne
garnie ; qu'elle se rendra directement à Bagdad, et ne ser-
vira pas contre les Français pendant le cours d'une année.

Cette garnison d'El-Arisch se composait d'*Albanais* et
de *Maugrabins*. Ceux-ci, sortis du fort, demandèrent
comme une grâce et obtinrent d'être envoyés en Egypte
pour servir dans nos troupes. La même faveur fut offerte
aux Albanais ; car on savait à quoi s'en tenir sur leur promesse de ne pas servir contre nous, mais ils refusèrent.

(1) Non pas de 1600, comme on le lit dans les Mémoires du
maréchal Berthier.

Dès le 18 toute l'armée était réunie devant El-Arisch. Elle avait traversé le désert d'Égypte sans autre vivre que le morceau de biscuit dans le sac, que l'on n'avait même pu mouiller d'un peu d'eau. Les puits que l'on trouve à chaque marche dans ce désert avaient été dégradés dans la retraite des Mameloucks d'*Ibrahim-Bey*, et le peu d'eau saumâtre qu'ils contenaient ne pouvait pas suffire seulement à une compagnie. Dans cette pénurie extrême on fouillait le sable dans tous les bas-fonds qui se rencontrent fréquemment dans ce désert, pour y trouver un peu d'eau, qui, de la mer peu éloignée, filtre dans ces sables arides ; et lorsque, dans le creux de la main, on avait humé, sur le sable humide, quelques parcelles de cette eau extrêmement saumâtre, on en était encore plus altéré.

Mais les chevaux, les chameaux, les dromadaires ?...... Il n'y avait, évidemment, nul moyen de les abreuver. Le quadrupède du désert allait son train ; mais celui des prairies était haletant, efflanqué : plusieurs jeunes chevaux, surtout, tombaient tout à coup, se tuméfiaient soudainement et périssaient à l'instant.

Telle fut la cruelle position de l'armée pendant huit jours dans le désert !

La question de faire porter, à la suite de l'armée, un approvisionnement d'eau, avait été discutée ; mais on avait trouvé la précaution sinon impossible, du moins impraticable, même avec les moyens employés par Cambyse dans la même circonstance. Le général en chef crut cependant pouvoir en faire porter pour lui et les plus nécessiteux, sur douze chameaux : mais dès le premier jour on ne put se dispenser d'en délivrer à la compagnie des guides à pied, et le lendemain l'eau fut gaspillée, de sorte que le général lui-même n'avait pas plus d'eau que le soldat.

L'*oasis* d'El-Arisch , vallon ombragé de nombreux palmiers et arrosé de sources très belles, d'une eau très bonne et très abondante, fut pour l'armée sortant de l'aride et brûlant désert, une *villa* délicieuse. Elle y prit quatre jours de repos ; elle s'y nourrit de chair de cheval, de biscuits, de riz et quelques autres légumes secs enlevés aux Mameloucks, ou trouvés dans le fort. Déjà elle avait oublié ses fatigues et ses privations ; elle n'avait plus que deux marches pour sortir du désert.

Le 22 février, à la pointe du jour , le général Kléber part en avant-garde avec sa division et un régiment de cavalerie ; il doit se porter sur *Kan Younès*, premier village sur les confins du désert de Syrie. Les divisions Bon et Lannes se mettent successivement en marche le 23.

Le quartier général part le même jour à midi. Le général Reynier, chargé de faire mettre en état le fort d'El-Arisch, restait en arrière-garde avec le parc d'artillerie.

Le général en chef devait joindre la division Lannes à *Chéik Zoé*, où se trouve un puits consacré par un *Santon*, à moitié chemin , à peu près de Kan-Younès ; mais , à sa grande surprise, cette division ne s'y trouve pas , ni personne pour en faire connaître la cause. Cependant, comme à deux lieues environ plus loin il y a le puits de *Reffha* , on supposa qu'il y avait eu méprise , et que la division était à cette dernière station. D'ailleurs, un événement imprévu avait pu obliger les divisions à se réunir : dans ce cas, cependant, pourquoi ne pas en être prévenu ?... La nuit approchait ; mais n'importe ; le général en chef ne pouvait rester au Santon dans l'incertitude. On continue la marche.

Bientôt la nuit étend ses voiles ; il n'y a pas de lune ; le sable est très mouvant ; on n'aperçoit aucune trace de passage récent d'hommes ou de chevaux. Mais les deux Arabes qu'on a pour guides sont sûrs de la direction à tenir ; et ils ont l'habitude de se conduire de nuit au moyen des étoiles, comme ils le font de jour en consultant le soleil (1). On peut donc avancer avec confiance.

Il était près de dix heures du soir ; on arrivait enfin au puits de Reffha. Les guides à cheval de l'escorte du général en chef, qui sont en éclaireurs, accompagnés des guides arabes, entendent des mouvements de chevaux : pensant que c'est le bivouac français, ils s'avancent avec confiance ; mais bientôt les guides arabes reconnaissent les Mameloucks ; les éclaireurs français s'en assurent immédiatement eux-mêmes : une grande rumeur se fait entendre dans le bivouac. Les guides reviennent sur leurs pas prévenir le général, qui suivait à très peu de distance. Un cheval des Mameloucks s'échappe en même temps du bivouac, se réunit en hennissant aux chevaux des éclaireurs, arrive avec eux, se précipite sur les chevaux de l'état-major, où il met un instant une sorte de confusion, qu'en vain l'on s'est efforcé de prévenir en cherchant à couper les jarrets à l'étalon sans frein (2). Les coups de sabre, mal dirigés dans l'obscurité, n'arrêtent point la fougue

(1) Dans le désert, la configuration du sol est trop généralement uniforme, et d'ailleurs trop sujette à des changements locaux par suite de l'action des vents, pour que la seule pratique des lieux puisse suffire pour la direction à suivre.

(2) On sait que l'on n'a point l'usage en Orient de couper les chevaux ; aussi, pour les tenir soit à l'écurie soit au bivouac, on leur met aux pieds de derrière, comme à ceux de devant, des entraves qui sont tenues à de forts piquets fichés en terre en avant et en arrière du cheval : néanmoins, à force de se tourmenter il s'en échappe souvent dans les bivouacs.

de ce coursier vagabond. Enfin un cavalier parvient à le saisir et à le maîtriser ; et déjà on a commencé la marche rétrograde.

Il était alors évident que les divisions avaient pris une fausse direction, et étaient égarées dans le désert.

Bonaparte avec son état-major, les généraux Berthier, Dommartin et Cafarelli , n'avait pour toute escorte qu'un piquet de ses guides à cheval et quelques dromadaires. Il eût donc été très imprudent de se hasarder à remplacer l'arrière-garde ennemie au puits de Reffha. Je dis *de la remplacer* ; car, d'après l'alerte qu'elle venait d'avoir, puisqu'elle ne poursuivait pas qui la lui avait donnée, il était plus que probable que de son côté elle s'éloignait. Des gens hardis et tant soit peu entreprenants enlevaient l'état-major général , tandis qu'un acte de témérité de Bonaparte ne menait évidemment à rien (1).

Il fallait nécessairement rétrograder jusqu'au puits de Chéik-Zoé : il était plus de minuit lorsqu'on y arriva. L'avant-garde de cavalerie y était arrivée depuis peu chargée d'annoncer au général que l'armée, engagée dans une fausse direction, à gauche dans le désert , se ralliait sur le puits du Santon.

En effet, les divisions Lannes et Bon, ainsi que la cavalerie, arrivèrent successivement dans la nuit , et la division Kléber à huit heures du matin , après 48 heures d'une marche non interrompue dans des sables mouvants, réflétant une chaleur brûlante, et nécessairement, sans trouver

_____

(1) Les versions contraires de cette rencontre fortuite qui se lisent dans les divers récits de l'expédition de Syrie , sont erronées.

une seule goutte d'eau. Kléber n'avait pu reconnaître la fausse direction dans laquelle il était engagé, par l'ignorance ou la perfidie de ses guides Arabes, qu'en arrivant le soir à vue de la mer. L'un des guides paya de sa vie la trop sérieuse déconvenue du général ; l'autre fut assez heureux pour lui persuader qu'il le ramènerait sûrement au puits du Santon.

L'armée était exténuée de fatigue et de besoins : sa réunion sur un seul point, sans autres ressources qu'un puits promptement épuisé, était pour elle une véritable calamité. On se mit promptement en marche : la division Lannes en avant-garde, le quartier-général ensuite, et successivement les autres corps.

On arrive au puits de Reffha, où l'on voit les traces, et même des restes du bivouac qu'on avait surpris pendant la nuit. Ce puits est très bon ; toute l'armée put s'y rafraîchir successivement.

Sur le côté à gauche, et à une petite distance du puits, sont deux colonnes debout en granit, et, à terre, des parties d'entablement en marbre. Ce sont les restes, ou d'un ancien Santon, ou d'un kervanseraï.

A une lieue en avant est Kan-Yonnès : l'arrière-garde de l'ennemi abandonna ce point à l'approche de nos premières troupes. Kan-Yonnès est un gros village entouré de vergers et riche de plusieurs puits : l'armée n'y trouva pas autre chose ; mais n'importe, pour des troupes qui venaient de traverser soixante lieues de désert, c'était un gîte délicieux.

Le 25 février, on marche sur Gaza. La première partie du chemin se fait encore dans le sable aride, mais le sol devient graduellement plus solide, plus terreux : des brins de verdure s'aperçoivent çà et là à la surface ; les montagnes

de Syrie se dessinent progressivement à l'horizon ; bientôt
on arrive sur la pelouse ; la vue se trouve soulagée ; on
voit devant soi Gaza et ses hauteurs boisées ; on arrive
enfin dans les terres cultivées : la joie se peint sur toutes
les figures.

L'ennemi était en bataille en deçà de la ville. Le général
en chef fait ses dispositions pour l'attaquer, mais il se re-
tire sans combattre, abandonnant la ville dont les principaux habitants apportent immédiatement les clés au général français. L'armée prend position, et établit ses bivouacs
sur les hauteurs qui dominent la place.

La ville de Gaza, d'une moyenne grandeur, est dans
un pauvre état et paraît peu peuplée : située sur une
élévation à environ mille mètres du rivage de la mer,
elle est fermée d'un mur sans fossé. Un fort ou citadelle
d'une enceinte circulaire, tient à la ville du côté de la mer;
on y trouva quelques barils de poudre, des cartouches
d'infanterie en assez grande quantité, un approvisionnement de biscuit, riz, etc. Aucun désordre n'eut lieu dans
la place.

L'armée à Gaza s'aperçut bientôt qu'elle avait changé de
climat : à une journée de là elle était dans le désert où il
ne pleut jamais : à Gaza elle était dans des terres cultivées,
à l'ombre de très beaux arbres fruitiers chargés de fleurs
d'un beau printemps ; et dès le lendemain de son arrivée
sur cette terre tant désirée, une pluie abondante, météore
qu'elle ne connaissait plus depuis une année, est d'abord
regardée comme un nouveau bienfait du climat; mais cette
pluie continuant un second, un troisième, un quatrième
jour, rappelait trop soudainement et trop bien nos climats
pluvieux, froids et humides d'Europe : on était inondé ;
nulle part on ne trouvait d'abri ; on ne pouvait reposer ni

la nuit ni le jour ; des torrents d'eau traversaient les bivouacs dans tous les sens. Les chameaux étaient dans un
état pitoyable ; ils ne pouvaient faire un pas, ni même se
tenir debout, leurs pieds ronds, convexes et charnus n'é-
tant faits que pour marcher sur le sable; ils périssaient, et
c'étaient surtout les plus beaux, les plus forts, ceux de
somme comme ceux qu'on avait mis au trait. Ces pertes ne
furent pas tout dommage pour l'armée, car on manquait
de viandes, et la chair du chameau est fort bonne. Les chevaux arabes mêmes souffraient également, et il en périssait
aussi. Un certain nombre d'hommes tombaient malades chaque jour; ils étaient conduits à l'hôpital qu'on organisait dans
la ville. Il ne pouvait nullement être question de se mettre
en route, à moins de laisser tout le matériel à Gaza. Dans
tous les cas il fallait renoncer aux attelages de chameaux,
dont le nombre était considérablement diminué, et réor-
ganiser de nouveaux attelages de chevaux. Enfin si la pluie
eût continué quelques jours de plus, l'armée perdait tous
ses chameaux, une bonne partie de ses chevaux, et par
là se trouvait dans une position très critique.

Fort heureusement, le plus beau temps succéda tout
d'abord aux quatre jours de pluie, et les équipages d'artillerie étant réorganisés, l'armée put immédiatement se
mettre en route pour pénétrer en Syrie.

SECTION II.

La Palestine. — Rhamley. —Attaque de Jaffa. — Prise d'assaut
de cette place. — Prisonniers de Jaffa. — Marche sur Saint-
Jean-d'Acre. — Armée du pacha. — Naplousains — Mont
Carmel. — Topographie d'Acre. — Enceinte de la place. —
Siége d'Acre : première époque. — Tentatives d'escalades.—
Escadre anglaise. — Armée turque sur le Jourdain. — Bataille du Mont-Thabor. — Arrivée d'un courrier de France.
Mort du général Caffarelli. — Deuxième époque du siége. —
Assauts livrés sans succès. — Le cheick des Druses. — Levée
du siége. — Réflexions sur les opérations du siége. —Absence
de toute combinaison dans les attaques.—L'ex officier d'artillerie française Phélippeaux : son action dans la défense a été exagérée.— Le commodore anglais : ses rapports officiels.

> Mars, avril, mai 1799. — Ventôse,
> germinal et floréal , an VII.

L'armée d'expédition, partie de Gaza le 1ᵉʳ mars, arriva
à Rhamley le 2. Dans ce trajet, elle suivit deux directions
parallèles : une partie des troupes, avec l'artillerie, côtoya
la mer ; l'autre partie, avec le quartier-général, prit sa direction dans les terres.

La côte, sur ce point, est une suite de dunes d'un sable très-fin et très-mouvant ; l'artillerie ne put les franchir qu'en doublant ses attelages. Cependant, il eût été plus difficile encore de faire passer cette artillerie dans les terres. Ici, c'est une vallée, alors fangeuse, sans aucune trace de chemin, couverte d'une végétation naturelle, herbacée de la plus prodigieuse vigueur, au travers de laquelle la cavalerie dut frayer le passage à l'infanterie.

Cette vallée, resserrée d'une part entre la côte maritime, véritable digue naturelle dont le versant assez raide se présente alternativement nu ou avec quelque broussailles, et de l'autre par la chaîne élevée du Liban parfaitement boisée ; cette vallée, disons-nous, vallée de la Palestine, à six lieues de Jérusalem, dont le sol noir et gras répond de la fécondité, était absolument déserte et abandonnée ! Et cependant de combien de richesses ne pourrait-elle pas être la source !

Rhamley, petite ville de la Palestine, située dans un vallon ombragé d'une plantation d'oliviers de la plus grande beauté, n'est habitée que par des chrétiens. Elle renferme plusieurs couvents, dont les temples, extrêmement simples, pourraient rappeler les églises de quelques petits villages de France, si de modestes clochers les surmontaient. Mais dans les états musulmans, si l'on tolère l'exercice du culte chrétien, les clochers et le son argentin des plus petites cloches y sont sévèrement interdits.

Le 4, nous arrivâmes devant Jaffa, l'ancienne Joppé. Cette place, fermée d'un mur flanqué de tours, mais sans fossé, et dont aucune partie n'est baignée par les eaux de la mer, était faiblement armée ; mais elle avait une garnison nombreuse. Toutefois elle fut immédiatement investie ; dans la nuit même on ouvrit la tranchée, et pendant les deux jours suivants on établit la batterie de brèche.

Dans cet état de choses, le général en chef envoie par un Turc une sommation à l'officier commandant de Jaffa ; mais celui-ci pour toute réponse fait trancher la tête au téméraire musulman qui ose s'annoncer comme l'envoyé du chef des chrétiens , fait jeter cette tête dans nos travaux de siége , et le corps dans la mer.

L'ordre de battre en brèche est aussitôt donné, et c'est contre une tour bastionnée au sud-est de l'enceinte qu'est dirigée une batterie de 4 pièces de 12 de campagne , qui en quelques heures en fait crouler le revêtement. Il était alors quatre heures du soir.

Les troupes montraient la plus grande impatience de livrer l'assaut ; mais la brèche était peu large et présentait une pente trop raide pour se hasarder d'y monter sans échelles. D'ailleurs en pénétrant le soir dans la place, il y avait tout à craindre des désordres du pillage dans la nuit. On continue donc de battre la brèche pour l'élargir et la rendre praticable pour le lendemain à la pointe du jour.

Mais, peu après, le bruit se répand que des troupes de la division Bon, chargée d'inquiéter la garnison du côté du port, ont trouvé un moyen de pénétrer dans la place et font les plus grands efforts pour s'y maintenir. Ce bruit prend de la consistance et bientôt se confirme. A l'instant même et sans attendre les ordres du général , les troupes de la division Lannes, chargées de l'attaque principale, extrêmement piquées d'être ainsi prévenues, s'élancent sur la brèche, la franchissent en un instant, culbutent les troupes qui la défendent, pénètrent dans la ville par plusieurs rues, tuent ou dispersent qui veut s'opposer à leur passage, et bientôt se trouvent réunies aux troupes de la division Bon, qui de leur côté ont fait des prodiges de valeur, ayant eu à combattre la majeure partie des forces de la garnison réunies contre leurs efforts.

Dès lors, la ville est en proie à toutes les horreurs d'un sac ! Rien ne peut la sauver de la dévastation, et les ténèbres de la nuit ne succèdent si promptement au jour que pour porter au comble la désolation et le désespoir de ses malheureux habitants! N'essayons pas d'en tracer le hideux tableau : c'est déjà bien assez d'avoir encore à parler d'une autre scène de carnage sans qu'il soit possible de n'en pas dire les horreurs.

Toute la garnison, disait-on, avait été passée au fil de l'épée : seulement le commandant avec quelques-uns des siens étaient parvenus à gagner le rivage et à se sauver dans une barque.

Cependant, quand l'astre du jour vient éclairer l'affreux spectacle que présente l'intérieur de Jaffa ; quand la soif horrible du carnage et du pillage est assouvie ; lorsque la discipline peut reprendre ses droits et que l'ordre succède au désordre ; lorsqu'enfin l'on fait la reconnaissance des fortifications et des magasins de la place, on trouve dans les bâtiments militaires quatre mille hommes armés, et ces hommes posent à l'instant leurs armes !!!

L'arrivée au quartier-général de quatre mille prisonniers quand on ne croyait pas en avoir un seul, est un véritable coup de foudre.... Bonaparte assemble aussitôt un conseil. Dans la position où se trouvait l'armée, que faire d'un si grand nombre de prisonniers? Les envoyer en Egypte? Le détachement nécessaire pour les conduire affaiblirait l'armée, et d'ailleurs comment les nourrir ?.... Les garder ?.... Ce moyen n'est pas plus praticable ? Les renvoyer sur paroles ? précaution illusoire, abusive. Déjà on reconnaît parmi ceux-ci, et de leur aveu même, les soldats de la garnison d'El-Arisch, qui avaient été laissés libres, sur promesse de ne pas servir contre l'armée. N'importe, c'est le seul parti auquel on puisse s'arrêter, et c'est aussi celui du véritable honneur, de la vraie gloire ; c'est celui, enfin, de la grande loyauté dont l'armée française doit donner l'exemple à ses barbares ennemis !

Respectables principes de toute morale; admirable philosophie, sans doute. Mais ne sommes-nous pas assurés qu'en donnant la liberté à ces hommes, c'est fournir des armes contre nous-mêmes ? Or, le salut de l'armée avant tout. Et l'on décide que les prisonniers seront mis à mort !

Conduits sur le bord de la mer en quatre détachements, ces infortunés, ces victimes sacrifiées à la sûreté de l'armée, à la politique barbare des Musulmans, sont fusillés! C'est avec le cœur brisé que les officiers commandent le feu ; c'est en gémissant que nos soldats, naguère altérés de carnage, mettent fin à cette cruelle et épouvantable exécution !.... Une bataille perdue n'aurait pas répandu autant de tristesse dans toute l'armée !!

Le 23 ventôse, 14 mars, l'armée quitte Jaffa pour se porter sur Acre. Le général Kléber avec sa division était à une journée en avant, couvrant, pendant le siége, la position de Jaffa. Il avait devant lui le corps d'armée du pacha et les habitants en armes des montagnes de Naplouse. A l'arrivée de l'armée, ces troupes se retirent sans combattre ; mais la division Lannes s'étant avancée à la suite des Naplousains dans les gorges de la montagne, ceux-ci se mettent aussitôt en défense sur les revers et obligent nos soldats à se retirer. On avait eu l'intention de sonder ce peuple belliqueux pour l'amener à notre alliance, mais on ne put se faire entendre.

Il y a trois journées de marche de Jaffa à Saint-Jean-d'Acre. Ce pays est très beau, mais il est désert et sans culture. Toute la population se confine dans les montagnes pour être à l'abri de la rapacité des pachas.

Rien de plus agréable, de plus grandiose, de plus pittoresque que le long coteau accidenté qui se rattache au *Mont Carmel!* Sur tous les points on y voit la plus belle pelouse, d'où s'élèvent de superbes futaies espacées de telle sorte, que l'on pourrait croire que c'est plutôt l'ouvrage de l'art que celui de la nature abandonnée à elle-même. Mais ici il n'y a nullement lieu de soupçonner l'art, pas même celui de savoir jouir des plus simples bienfaits de la Providence.

Le mont Carmel termine ce beau coteau. Ce mont se présente en superbe amphithéâtre sur le golfe qui prend son nom, en face de Saint-Jean-d'Acre, situé à l'autre extrémité du golfe, dont le périmètre est d'une grande lieue.

Au pied du mont Carmel est la jolie petite ville de Caïffa, fermée d'un mur avec un fort défendant le port et la rade, seul et véritable mouillage pour les vaisseaux qui viennent à Acre. Caïffa est donc d'une grande importance pour cette place; cependant notre division d'avant-garde trouva le fort de Caïffa évacué en y arrivant.

L'armée se porta immédiatement sur Acre. Ici la côte est rase sur une étendue de plusieurs lieues, et le Liban est le rebord d'un vaste bassin fermé au nord par le *Cap Blanc* où il prend une forme semi-circulaire et dont le point de décharge est le golfe du mont Carmel.

La rivière le *Kerdonneh* reçoit, elle seule, tous les affluents de ce bassin : elle est bien encaissée; cependant sous la place d'Acre ses bords sont marécageux. Le mauvais pont en bois qui existait sur cette rivière venait d'être enlevé par l'ennemi.

Tandis qu'on fait les préparatifs pour l'établissement d'un nouveau pont, le général d'artillerie Andréossi remonte le Kerdonneh, avec un bataillon, le traverse à un gué à l'entrée de la nuit, s'empare d'une hauteur qui domine la place et la rivière, chasse les avant-postes ennemis et se met ainsi en communication avec les troupes qui sont sur la rive gauche du petit fleuve. Un pont est promptement établi, et à la pointe du jour l'armée prend position sur la hauteur de Saint-Jean-d'Acre.

Le même jour, 18 mars, la garnison qui occupait les jardins et vergers qui sont devant la place, est repoussée sous les murs, et l'on fait la reconnaissance des ouvrages pour déterminer le point d'attaque.

On reconnaît que l'enceinte de la place d'Acre du côté de terre, consiste en un simple mur présentant deux fronts distincts qui s'appuient tous les deux sur la mer, l'un au sud sur le golfe, l'autre au nord sur la plage. Ces deux fronts sont flanqués à l'angle saillant des deux courtines par une grosse Tour. Des tourelles prennent ensuite quelques flancs le long de ces courtines. Cette enceinte est précédée d'un fossé sec ; mais on n'a pu s'assurer positivement de ses dimensions : seulement on croit que la contre-carpe n'est point revêtue. On voit, à n'en pouvoir douter, que la grosse tour est d'une très bonne construction, et qu'ainsi pour la battre en brèche avec l'assurance du succès, il faudrait nécessairement du canon de siége. Mais malheureusement l'on n'avait encore aucune nouvelle de ceux qui ont été embarqués à Alexandrie, et l'on considère que ce serait folie de compter sur leur arrivée, par conséquent de les attendre. Au surplus, n'a-t-on pas fait brèche dans une tour à Jaffa avec du canon de 12? pourquoi ne ferait-on pas de même à Acre? Il est vrai qu'il y aurait plus de certitude à ce sujet en battant la courtine; mais la Tour étant le point principal, l'ouvrage saillant du front, c'est ce point qu'il convient d'attaquer. Maître de cette position, la place tombera. On décide donc, contre l'avis opposé, que la tour sera battue en brèche.

Déjà, à la faveur des arbres et arbustes non détruits des jardins, la tranchée est ouverte à une faible distance de l'enceinte, et l'on chemine avec ardeur contre la place.

Pour inquiéter les assiégés et détourner leur attention, on lance quelques obus avec trois petits mortiers sur le palais du pacha, situé sur le front nord de la place.

Le commodore Sidney Schmith, arrivé devant Acre avec son escadre peu après l'armée française, tente de reprendre Caïffa; mais ses embarcations sont battues : une chaloupe lui est enlevée avec une caronnade de 32, et il abandonne son projet (1).

La garnison fait plusieurs sorties vigoureuses, et les vaisseaux anglais joignent le feu de leurs batteries aux feux de la place. Il est inutile de dire comment ces sorties sont repoussées victorieusement.

Le 28, l'artillerie avait établi ses batteries : leur armement consistait en 4 canons de 12, 4 de 8 et 4 obusiers. A la pointe du jour on commence le feu; à trois heures après midi, les feux de la place étaient très ralentis, et les assiégés paraissaient être entièrement délogés de la tour.

(1) Le commodore anglais s'est bien gardé de rendre compte de ce curieux fait d'armes ; mais il a essayé de s'en venger, en prétendant, dans son rapport officiel du 22 mars, qu'il avait mitraillé et mis en déroute notre avant-garde à son débouché de la côte du Mont-Carmel sur le golfe de Caïffa, ce qui doit paraître fort étrange, car aucun des bâtiments de la flotte anglaise n'était encore ce jour-là dans les eaux d'Acre.

Alors, les grenadiers impatients se présentent pour monter
à l'assaut ; sur quelques représentations qui leur sont faites, non-seulement ils persistent, mais ils le demandent à
grands cris.

Evidemment, il n'y avait point brèche à la tour : les
officiers d'artillerie en font faire la remarque expresse.
N'importe ; les troupes, dont le trop facile succès à Jaffa
exalte le courage, se montrent résolues. Les grenadiers
ont des fascines, ils combleront le fossé; ils ont des échelles,
ils escaladeront la tour.

Bonaparte, plein de confiance dans la valeur de ses
troupes, accoutumé aux succès qui ont maintes fois cou-
ronné leur brillante audace, leur inconcevable témérité,
s'empresse de céder à cet élan qui lui semble le sûr pré-
sage de la victoire ; et déjà il se voit maître de Saint-Jean-
d'Acre par une action d'éclat qui va répandre la terreur de
son nom dans tout l'Orient.

Premier assaut.

A quatre heures tout est disposé pour l'assaut : l'ordre
de l'attaque est aussitôt donné. Les grenadiers, conduits
par l'adjoint aux adjudants-généraux Mailly, s'élancent
vers la tour. Un fossé large et profond se trouve devant
leurs pas: ils y jettent leurs fascines, s'y précipitent, dressent
leurs échelles contre la tour ; mais elles atteignent à peine
la moitié de sa hauteur. Peu importe, on pourra atteindre
les embrasures et s'y élancer soutenus les uns par les autres.
Mailly, déjà au-dessus de l'une des échelles, ses pieds sur
les épaules du grenadier qui le suit, en est précipité percé
de plusieurs balles: plusieurs grenadiers éprouvent le
même sort, et tous sont repoussés par une grêle de pierres.

C'est un malheur, sans doute ; mais au moins on sait présentement à quoi s'en tenir : le fossé est large et profond ; on le comblera en faisant sauter la contrescarpe, qui est revêtue, et en continuant à battre la tour en brèche.

Aussitôt les mineurs sont au travail, et tout en désirant ardemment l'arrivée des pièces de siége, on continue à battre la tour avec toute l'artillerie disponible de campagne.

Le 30 mars, la garnison fait une sortie qui a un premier moment de succès ; mais elle est bientôt repoussée vigoureusement et avec une grande perte. Mais cet avantage nous coûte cher : plusieurs des nôtres sont tués, une trentaine blessés ; le chef de brigade Detroyes, chef d'état-major du génie, est au nombre des premiers. Cet officier est vivement regretté.

Le 31 au soir, le fourneau de mine est achevé : les feux redoublés de notre artillerie, dirigés avec précision, ont éteint tous les feux de la place, et particulièrement ceux de la tour. Mais il n'y a point brèche et surtout brèche praticable, quand même la tour serait *percée*, comme on voudrait le persuader aux troupes. Toutefois, pourquoi différer l'assaut ? On ne peut plus compter sur les canons de siége, ils ont été pris en mer, sans nul doute ; et au premier moment, ils peuvent servir contre nous dans la place. Ainsi, les défenses de la tour étaient entièrement ruinées, et cette tour paraissant de nouveau abandonnée, il n'y avait pas un moment à perdre. Le jeu de la mine achèvera de combler le fossé ; son explosion répandra la terreur dans la place où déjà règne la confusion, et dans ce moment l'escalade sera facile.

Ce raisonnement, formulé sur les sentiments de la témérité toujours heureuse des vieux compagnons de l'invincible général, et surtout sur l'impatience bien naturelle et bien connue de ce chef altier, l'emporte sur l'évidence même et sur toute combinaison de l'art et de la prévoyance.

Deuxième assaut.

C'est au déclin du jour qu'on fait jouer la mine, que nos grenadiers se précipitent de nouveau à l'assaut, qu'ils rencontrent les mêmes difficultés que la première fois, et que, malgré des efforts inouis de bravoure, de valeur et de courage, ils sont, comme la première fois, rejetés en bas de la tour !

On ne peut plus enfin se le dissimuler, une escalade n'est plus désormais possible. C'est une brèche, et une brèche praticable qu'il faut pour enlever la place.

On décide donc qu'une galerie de mine sera poussée sous la tour pour la faire sauter. Mais par un inconcevable aveuglement, on s'attache exclusivement à cette tour, et l'on repousse toute idée de combinaison d'une nouvelle attaque de notre artillerie sur un autre point ; ce n'est pas sans certitude que j'avance ce fait particulier.

Cependant, la précipitation de nos attaques mal entendues, mal concertées, faites avec une témérité sans prévoyance, que nulles véritables précautions ne vient justifier, donne aux assiégés la mesure de nos moyens et de notre impatience, leur fait apprécier notre position ; et stimulés par la présence et la coopération de l'escadre anglaise, dirigés par l'ex-officier d'artillerie française Phelippeaux, la confiance des assiégés augmente encore plus que la nôtre ne diminue. Ils font de fréquentes sorties qui toujours nuisent beaucoup à nos travaux. Dans celle surtout du 18 germinal, 7 avril, la seule où des Anglais aient paru, ils déploient un ensemble de forces telles que tous nos ouvrages sont un instant abandonnés.

L'escadre anglaise prenait toujours part à ces actions : la mer, constamment calme dans cette saison, permettait à ses vaisseaux, voguant dans les eaux d'Acre et de Caïffa, de se rapprocher assez de la côte entièrement rase sur ce point, et de nous lancer de nombreuses bordées, en cherchant, mais sans nul succès, à nous prendre de revers dans nos tranchées.

Ces tout dévoués auxiliaires de Djezzar avaient un si grand plaisir à faire tonner leurs nombreux canons pour sa cause, que très souvent et sans y être aucunement sollicités par les événements, les deux vaisseaux, le Tigre et le Thésée s'approchaient de la côte au nord de la place en face de notre camp placé sur la hauteur à plus de 1500 toises du rivage, et nous gratifiaient incontinent de cinq à six bordées chacun, ce qui devint bientôt pour l'armée un véritable spectacle. Il est à remarquer que c'était généralement vers deux à trois heures après midi que ce divertissement nous était donné. Il est probable que c'était à ce moment de la journée que, par certaines raisons, le zèle pour Djezzar était le plus ardent à bord de l'escadre du commodore sir Sidney Smith.

Nous étions loin d'avoir, comme les Anglais, de la poudre et des boulets à prodiguer : au contraire, nous étions dans la dure nécessité d'économiser nos munitions. Dès le commencement du siége, nos soldats avaient été invités, au moyen d'une faible prime, à rapporter au parc les boulets qu'ils trouvaient dans les tranchées ; mais lorsque les vaisseaux vinrent à les jeter à profusion sur la plage, le général en chef augmenta la prime, et dès ce moment ce fut à qui serait le plus habile pour s'emparer des projectiles anglais. Nos soldats, dès que les premières bordées se faisaient entendre, et même aussitôt qu'ils voyaient les vaisseaux s'approcher du rivage, accouraient en foule, se plaçaient tout d'abord au milieu de ce singulier champ de bataille, et dans cette lice d'une nouvelle sorte, plusieurs centaines de Français bravaient, en se jouant, les foudres de la marine anglaise, en se précipitant au devant des nombreux projectiles qu'elle faisait ricocher dans la plaine. Et chose étonnante, nos intrépides soldats furent toujours assez adroits, ou plutôt assez heureux, pour qu'aucun d'eux ne fût atteint. Du reste, on eut lieu d'être surpris que les Anglais, voyant la témérité de nos soldats, n'aient pas essayé au moins de les effrayer en lançant, dans leurs bordées, quelques projectiles creux.

Ces fréquentes canonnades étaient tellement sans objet qu'on aurait pu croire que le commodore anglais, informé de notre pénurie en projectiles, employait ce stratagème pour nous en procurer. Le fait est qu'il nous était bien moins facile de renouveler nos approvisionnements de projectiles que ceux de poudres, et que nous pûmes utiliser tous les boulets anglais. Dès ce moment, la caronnade prise à Caïffa fut mise en batterie.

Tandis que nos mineurs travaillaient à l'établissement d'une galerie de mines sous la grosse tour, un rassemblement considérable de troupes ennemies s'opérait sur le Jourdain, au pied du Mont-Thabor. Déjà le général Junot avait livré un brillant combat près de Nazareth à Loubi sur le lac Tabariéh; mais des renforts arrivaient chaque jour à l'ennemi de toutes les directions sur le Jourdain. Ce rassemblement devenait formidable et inquiétant. Le général Kléber avec sa division est envoyé au secours du général Junot;

mais Kléber a bientôt besoin de secours lui-même, et Bonaparte s'y porte avec toutes les troupes dont il peut disposer. Il trouve Kléber cerné dans la plaine entre le Jourdain et le Mont-Thabor par une armée nombreuse, contre
les efforts de laquelle sa division de trois mille hommes,
au plus, luttait victorieusement depuis la veille.

Les deux divisions françaises ne se sont pas plus tôt aper-
çues que des cris d'enthousiasme retentissent des deux
parts sur les rives du Jourdain ; le bruit du canon se joint
aussitôt à ces cris d'allégresse, et bientôt l'ennemi battu,
mis en déroute, est coupé de sa retraite, et un grand nombre des siens périt dans les eaux du Jourdain et dans le lac
Tabariéh. Dès-lors l'armée de siége n'eut plus aucun motif d'inquiétude sur ses derrières.

Ces combats mémorables donnèrent lieu aux ordres du
jour suivants :

ORDRE DU JOUR

DU 30 GERMINAL.

Au Quartier-général devant Acre, le 30 germinal an VII.

Le Général en chef, instruit que plusieurs soldats ven-
dent la vaisselle d'argent trouvée dans les bagages pris à
la bataille du mont-Thabor, autorise le Payeur de l'armée
à la recevoir et en solder la valeur au poids.

ORDRE DU JOUR

DU 2 FLORÉAL.

Au Quartier-général devant Acre, le 2 floréal an VII.

Le Général en chef voulant donner une marque de satisfaction particulière aux trois cents braves commandés par le général de brigade Junot, qui, au combat de Nazareth, ont repoussé trois mille hommes de cavalerie, pris cinq drapeaux et couvert le champ de bataille de cadavres ennemis, ordonne :

Art. I. Il sera proposé une médaille de cinq cents louis pour prix du meilleur tableau représentant le combat de Nazareth.

II. Les Français seront costumés dans le tableau avec l'uniforme de la deuxième d'infanterie légère et du quatorzième de dragons. Le Général de brigade Junot, les chefs de brigade Duvivier, du quatorzième de dragons, et Desnoyers, de la deuxième d'infanterie légère, y seront placés.

III. L'État major fera faire par les artistes que nous avons en Égypte, des costumes des Mamelouks, des Janissaires de Damas, des Diletti, des Alepins, des Mogrebins, des Arabes, et les enverra au Ministre de l'intérieur à Paris, en l'invitant à en faire faire différentes copies, à les envoyer aux principaux peintres de Paris, Milan, Flo-

rence , Rome et Naples, et à déterminer l'époque du con-
cours et les juges qui devront décerner le prix.

IV. Le présent ordre du jour sera envoyé à la munici-
palité de la commune des braves qui se sont trouvés au
combat de Nazareth.

BONAPARTE.

Le Général de division, chef de l'État major-général,
Alex. BERTHIER.

Ce tableau est , je crois, encore à exécuter.

A son retour devant Acre, Bonaparte y trouva un courrier venant de France, débarqué à Alexandrie. On peut se
faire une idée de la curiosité de tout le monde et de l'impatience où l'on était d'apprendre des nouvelles d'Europe.
Nous avions appris, avant notre départ du Caire , que la
guerre s'était rallumée avec l'Autriche; mais depuis on n'a-
vait reçu aucune nouvelle. Pourtant, il devait, sans doute,
s'être passé bien des choses. Le courrier, qu'on aurait tant
voulu questionner, évitait soigneusement tout colloque.
Cependant il avait parlé, car quelques bruits désavanta-
geux sur notre armée en Italie circulaient sourdement, et
la manière dont cela se disait faisait soupçonner de grands
revers. On espérait qu'au retour du général en chef on en
apprendrait davantage. Mais non : le général se tait, et l'on
reste dans une pénible incertitude. Toutefois, il est certain
que dans cette circonstance, un officier-général dit, devant
les officiers de son état-major, que les événements en Europe rappelaient le général Bonaparte en France. Mais sur
cela il recommanda le plus grand secret.

Revenons aux travaux du siége.

Le fourneau de mine contre la tour ne put être terminé que le 24 avril. Cette tour devait sauter, disait-on. Aussi, tout était disposé dans la batterie pour parvenir à rendre la brèche praticable ; et les troupes, rappelant leur bravoure accoutumée, attendaient avec impatience le moment de monter à l'assaut.

L'explosion a lieu, mais la tour reste debout ! La mine n'a fait qu'ébrécher le pied de l'escarpe dans le fond du fossé.

Sans perte de temps on se met à travailler à un nouveau fourneau. Dans cet état de choses, on apprend que notre marine est pourtant parvenue à débarquer trois canons de 24 à Jaffa, avec des munitions, et que ces pièces vont nous arriver.

Cette nouvelle inattendue fait cesser toutes les incertitudes, tous les doutes sur l'issue du siége. La place cette fois sera prise en dépit des Anglais et des efforts de Djezzar.

La mort du général Caffarelli, commandant l'arme du génie, vint troubler cette joie de l'armée. Etant à la tranchée le 9 avril, le général examinait, au moyen d'une longue vue, les travaux des assiégés à droite et à gauche de la tour. Dans cette position, il reçoit une balle qui lui fracasse le coude du bras droit. L'amputation est jugée inévitable : le général s'y dispose en riant. Le chirurgien en chef Larrey opère, et en quelques minutes le général Caffarelli, qui déjà a laissé sa jambe gauche devant Luxembourg en 1794, laisse son bras droit devant St.-Jean-d'Acre en 1799. L'infortuné général ne fait entendre aucune plainte, ne manifeste pas le moindre signe de douleur : bien au contraire, il plaisante sur la singulière destinée des différentes parties de lui-même ; se félicite d'avoir perdu le bras droit plutôt que le gauche, attendu que l'amputation de celui-ci aurait détruit chez lui l'équilibre, et se compare à cet égard au maréchal Rantzau.

— Comment trouvez-vous le général, eus-je occasion de demander à M. Desgenettes, médecin en chef, qui venait d'assister à l'opération ? — D'un stoïcisme désolant ! J'eusse préféré cent fois l'entendre crier, le voir pleurer même, se plaindre au moins ! Je ne serais point étonné, ajouta-t-il, que sous peu de jours il ne tombât dans le délire !...

Le troisième jour une fièvre violente se déclare ; le lendemain il y a délire complet ; bientôt on désespère du malade qui meurt le 27 avril, regretté de toute l'armée.

Le général Caffarelli était d'une taille moyenne, d'un tempérament sec. Il pouvait avoir de 40 à 45 ans.

Les trois canons de 24 arrivèrent devant Acre le 30 avril. Le lendemain ils furent mis en batterie devant la fatale tour. Le nouveau fourneau de mine allait être achevé. Cette fois la tour devait infailliblement crouler, et les pièces de 24 faire le reste.

De nouveau on se prépare donc à un assaut qui devait couronner tous les efforts, si inutilement et si malheureusement tentés jusqu'à ce jour.

Vain espoir ! la tour est décidément inébranlable : l'explosion s'est faite en grande partie à l'intérieur, où, probablement, se trouve un souterrain. C'est au moins la version que l'on débite.

Les canons de 24 sont là, prêts à faire feu, mais on renonce à employer cette dernière ressource contre une tour jusqu'alors si redoutable. On commence donc à penser que cette tour culbutée, écrasée, on pourrait bien n'en être pas plus avancé, attendu que ses ruines ne présenteraient nullement une brèche praticable. On reconnut donc enfin combien il aurait été sage et préférable de battre en brèche la courtine, tout en battant la tour pour détruire ses défenses, et l'on se décida, bien tardivement, sans doute, à prendre ce dernier parti.

Les assiégés, qui reconnaissent ce dessein, redoublent d'efforts pour le faire échouer; ils parviennent du moins à en retarder l'exécution ; car la nouvelle batterie de brèche ne put être achevée et armée que le 7 dans la nuit.

Le 8, dès la pointe du jour, on commence le feu, et à trois heures après midi la courtine est renversée, et la brèche jugée praticable.

On ne s'attendait pas à un aussi prompt résultat : on avait calculé que la brèche ne pourrait être rendue praticable que le lendemain au jour; mais on eut lieu de se féliciter que l'événement ait devancé cette prévision : un assez grand nombre de voiles s'apercevaient en mer ; les vaisseaux anglais s'étaient portés à leur rencontre, et il était probable que c'était un convoi pour la place, de nouvelles troupes, des munitions, des vivres. On se trouvait donc heureusement en mesure de prévenir ce renfort.

Troisième assaut.

Les troupes sont en conséquence commandées à l'instant pour l'assaut. Elles arrivent remplies de courage et d'espoir; les grenadiers ayant à leur tête le général Rambaud, s'élancent sur la brèche, la franchissent d'un trait; deux pièces de 4 les suivent commandées par le lieutenant d'artillerie Digeon (1). Tout-à-coup, la tête de la colonne

(1) Depuis lieutenant général.

s'arrête, elle combat; on se presse sur la brèche ; rien n'avance!... Dans cet instant critique, le général de division Lannes perce les rangs serrés de la troupe, pénètre à la tête de la colonne, et reconnaît qu'il est impossible de se déployer ! le feu des assiégés est terrible : la colonne est refoulée sur elle-même par les premiers pelotons, et de proche en proche tout est renversé, précipité en bas de la brèche !... Le général Lannes est blessé ; le lieutenant d'artillerie Digeon est retiré avec peine de dessous les décombres d'un pan de la muraille, qui dans la presse s'est écroulé sur lui : le général Rambaud et la moitié de ses grenadiers ne reparaissent plus !

Funeste événement, près duquel les échecs éprouvés contre la tour ne sont rien ! Ces échecs, on ne les considérait plus que comme d'audacieuses imprudences; mais échouer dans l'assaut d'une aussi belle brèche!.. cette idée est cruelle; elle répand la consternation dans toute l'armée !

Cependant on fait courir le bruit que le général Rambaud a pénétré dans la place avec une partie de ses grenadiers, et cette annonce fait naître parmi les troupes un élan sublime ! elles veulent sans tarder, voler au secours de leurs braves camarades ou mourir avec eux ! Ce généreux dévouement flatte et ranime l'espoir du chef de l'armée, qui serait vivement piqué d'échouer devant une bicoque avec les premières troupes du monde. Toutefois, sachant à quoi s'en tenir sur la rumeur du camp, il calme dans ce moment le noble enthousiasme des troupes.

Ce parti était forcé : déjà le soleil était sous l'horizon, et puisqu'un obstacle existait devant la brèche, il fallait avant tout chercher à l'annuler. Pour cela l'artillerie reçoit l'ordre de continuer, pendant la nuit, à battre cette brèche, tant pour détruire les travaux intérieurs que pour en éloigner les assiégés. On ordonne d'ailleurs de se pourvoir de fascines, et l'on espère ainsi qu'au jour rien ne pourra empêcher de s'établir sur la brèche, de se déployer et d'occuper successivement tous les ouvrages d'où les assiégés seront déjà délogés.

Telles sont d'abord les dispositions arrêtées ; mais dans la nuit, elles sont modifiées en ce qui concerne l'exécution principale, c'est-à dire le nouvel assaut. Bonaparte craignit sans doute de trop exiger des braves troupes du siége; et pour donner plus de chances de succès à une nouvelle attaque, il pensa devoir appeler la division Kléber, qui était toujours demeurée en observation sur les débouchés du Liban, et n'avait livré d'autre combat que celui du Mont-Thabor.

Le général Kléber est donc appelé ; mais il était à une grande journée d'Acre. Ainsi il n'y eut pas d'attaque le 9, comme chacun s'y attendait.

La nouvelle de l'arrivée de la division d'observation produit le meilleur effet parmi les troupes du siége. Elle ranime les courages abattus, et de nouveau l'espoir renaît devant les murs de Saint-Jean-d'Acre. Pendant toute la journée et la nuit du 9 avril, l'artillerie lance ses projectiles dans la brèche, et parvient à éteindre tous les feux des assiégés qui avaient reparu sur ce front.

Quatrième assaut.

La division Kléber arrive au camp dans la matinée du 10. Officiers et soldats sont animés du brillant espoir qu'ils seront plus heureux que leurs camarades et qu'ils les ven-

geront. Vers midi Bonaparte vient aux batteries; il se place
derrière une traverse d'où il voit parfaitement la brèche ;
qu'il juge, ainsi que tout le monde, très belle et très praticable : il ordonne l'assaut.

Le général Verdier commande les grenadiers, qu'ac-
compagnent des sapeurs, et que soutient la compagnie des
guides du général en chef. La brèche est franchie sans
obstacle ; mais un retranchement l'entoure : le franchir
immédiatement est chose impossible. On cherche donc
promptement à se couvrir, à combler le fossé au moyen
des fascines dont sont porteurs les grenadiers. Tout espoir
d'y parvenir s'anéantit à l'instant : les feux des assiégés ;
derrière leur retranchement intérieur, sont si nombreux,
si meurtriers, qu'aucun homme ne peut se maintenir sur
la brèche, et la retraite est forcée !

Notre perte est considérable : le général Bon est blessé
mortellement.

Il était alors bien évident que dans l'état des choses tous
les efforts possibles avaient été faits, et que pour s'emparer de la place, d'autres moyens, d'autres dispositions se-
raient nécessaires et indispensables. Mais non on a pro-
mis la possession de Saint-Jean-d'Acre au chef des Druses, nos alliés, peuplade ennemie de Djezzar; il serait par
trop humiliant de ne pouvoir satisfaire à cette promesse et
de paraitre impuissant et vaincu aux yeux de ce peuple
guerrier en particulier, et de tous les peuples du Liban,
en général. On veut donc tenter encore un nouvel effort.
La seconde brigade de la division Kléber n'a pas encore
donné ; le succès peut se trouver dans l'emploi de cette
dernière ressource : ce serait manquer à sa fortune, à son
destin ; ce serait se ménager un remords déchirant de ne
pas user de ce dernier moyen.... Et sans réfléchir que la

bravoure et la valeur française n'ont pu être arrêtées que
par un obstacle insurmontable, qu'il faudrait d'abord annuler, on ordonne un dernier assaut, qui doit augmenter
le triomphe de l'ennemi.

Cinquième et dernier assaut.

Il est quatre heures du soir : la nouvelle attaque est
bientôt disposée ; mais la troupe ne montre plus cette con-
tenance, cet enthousiasme que donne l'assurance de triom-
pher des obstacles, et par suite, de sortir vainqueur du
combat. Cependant, au commandement donné, les grenadiers de la 25ᵉ avancent d'un pas ferme jusqu'au pied de
la brèche. Là cette marche se ralentit, et aussitôt la petite
colonne ne marque plus que le pas ; elle reste stationnaire,
les premiers pelotons exposés au feu de revers des assiégés. Le moment était par trop critique et cruel pour tous....
Le commandement en avant venait de se répéter ! Bonaparte, avec la plus grande impatience, s'écrie lui-même :
Grenadiers, avancez ou retirez-vous ! A cet instant d'an-
goisses inexprimables, le chef de brigade d'artillerie Fouler, nommé, au commencement de la campagne, adjudant-général, animé de l'impatience des braves, s'élance
à la tête de la colonne, se saisit du drapeau, franchit la
brèche, en criant : A moi, grenadiers ! plante le drapeau
au-dessus de la brèche, et en même temps percé de plusieurs balles dans la poitrine, il tombe sur son drapeau ! Le
chef de la 25ᵉ demi-brigade Venoux, un bon nombre de
ses officiers et de ses grenadiers subissent le même sort,
ainsi que l'adjoint aux adjudants-généraux Gerbault, l'aide-de-camp du Général en chef Croisier, le capitaine d'É-

tat-major Pinault. Enfin les mêmes obstacles qui ont arrêté les troupes dans les premiers assauts, les arrêtent de même dans celui-ci, et elles sont forcées de se retirer avec le triste avantage de ne pas laisser tous leurs morts sur la brèche !!

Le général en chef, cruellement déçu, s'éloigne avec fureur d'un champ de bataille si fatal à sa renommée. Il arrive au camp en quelques secondes et avec l'impétuosité de la foudre, se jette en bas de son cheval plutôt qu'il n'en descend, demande brusquement sa musique, lance avec violence son chapeau sur la table qui est au milieu de sa tente, et parcourt à grands pas et tout agité la rue du camp, changeant à chaque instant de posture avec ses bras.

Toute l'armée était dans la consternation et partageait bien vivement la peine cruelle de son général, qui jusque là ne connaissait guère que les émotions dues à la victoire.

Le cheick des Druses, Daher, notre allié, était au camp, attendant avec anxiété l'issue de la lutte si long-temps prolongée. Ce chef, d'une haute stature, de l'âge de quarante à quarante-cinq ans, homme de valeur et de courage, était particulièrement l'ennemi de Djezzar, sur qui il avait à venger la mort de son père. Bonaparte n'avait point voulu consentir à ce que ce cheick prît part aux attaques de la place, qui devait lui être cédée à notre départ. Cette dernière circonstance lui faisant craindre, sans doute, d'augmenter, par sa présence, les sensations pénibles du chef des Français, il évite de le voir dans ce moment, et regagne sur-le-champ ses montagnes.

Les Druses ne prirent aucune part au siége, mais ils se rendirent utiles au camp d'observation. Les marchés du camp sous Acre étaient particulièrement alimentés par eux; ils fournissaient aussi des vivres et de l'eau-de-vie pour l'armée.

Il ne restait plus de munitions pour les batteries de siége : les canons de 12 et de 24 y furent immédiatement remplacés par des pièces de 8 et de 4 de campagne, dont une partie de l'approvisionnement existait encore. On continua à attirer sur ce point l'attention des assiégés, que l'on chercha, en outre, à inquiéter d'un autre côté, en lançant quelques obus sur le palais du pacha. Pendant ce temps on fit les dispositions nécessaires pour la levée du siége, qui s'effectua le 20 mai (1er prairial), dans la nuit, après soixante jours de tranchée ouverte.

Nos pertes dans ce siége de deux mois ne furent pas, à beaucoup près, aussi considérables que pourrait le faire présumer une suite de cinq attaques de vive force sans succès Elles ne furent pas estimées alors à plus de 200 hommes tués et 500 blessés, dont au moins 300 légèrement.

En général, les pertes de l'armée en Syrie, soit par le feu de l'ennemi, soit par maladie, y compris la peste, ne s'élevèrent pas à plus de quinze cents hommes, et peut-être même moins.

RÉFLEXIONS GÉNÉRALES

SUR LE SIÉGE DE SAINT-JEAN-D'ACRE.

On a beaucoup vanté l'influence de l'ancien officier d'artillerie française Phélippeaux , dans les résultats du siége de Saint-Jean-d'Acre. Celui-ci , par son activité, ses savantes dispositions , aurait été le principal instrument du triomphe de Djezzar. En cela on a usé très largement de la liberté qu'on a eue d'exagérer les choses. Un des plus grands avantages des assiégés était évidemment leur libre communication par mer. Or, cet avantage était immense : une place assiégée , qui a ses communications libres , qui peut remplacer, pour ainsi dire à volonté, ses munitions, ses vivres , évacuer ses blessés, ses malades, qui peut recevoir des renforts, renouveler même sa garnison sans nul empêchement , n'est pas imprenable, sans doute, mais elle exige, pour être réduite, les moyens prompts et énergiques de l'art, et surtout le plus sage emploi de ces moyens. Or, ici , non-seulement les véritables moyens manquaient, mais encore on a employé très inconsidérément ceux dont on pouvait disposer.

En effet , la grosse Tour avait été reconnue pour être d'une très bonne et forte construction ; par conséquent, on ne devait pas s'attendre qu'avec des pièces de 12 et de 8 (1) on y ferait brèche praticable, et qu'elle croulerait

(1) Ce n'est pas sans surprise que j'ai lu dans les Mémoires

comme celle de Jaffa , qui ne présentait qu'un vieux mur disjoint et n'était , en définitive , qu'une mauvaise tour bastionnée. Il fallait la battre, sans doute, mais non en brèche , surtout avec des canons de campagne, et dès le principe , faire la brèche à la courtine. L'avis bien positif en fut ouvert par le commandant de l'artillerie le général Dommartin; mais il fut rejeté comme contraire aux principes. On savait que devant la tour il existait un fossé dont on ignorait la profondeur : n'importe , on va pour l'escalader avec des échelles qui se trouvent de moitié trop courtes. Trois jours après , avec la seule précaution de miner la contrescarpe , on renouvelle ce téméraire assaut , dans lequel on rencontre les mêmes difficultés que la première fois. D'ailleurs, pourquoi ne pas tenter l'escalade sur un autre point , tandis que l'attention des assiégés était exclusivement concentrée sur celui de la tour battue et attaquée avec persévérance ?...

On veut miner cette tour, et l'on ne réfléchit pas que même en croulant , elle n'aurait point laissé de brèche praticable. On prend enfin le parti de battre la courtine de l'Est, et en quelques heures on a une très belle brèche , bien praticable : on livre un assaut , qui échoue, parce qu'on trouve derrière cette brèche un fossé large et profond défendu par un bon retranchement. On livre un second, un troisième assaut à cette même brèche, sans prendre aucun véritable moyen de pouvoir franchir l'obstacle que l'on savait exister!... Avec toutes ces imprudences , ces faux calculs, fallait-il un grand effort de génie de la

du maréchal Berthier que nous avons mis des canons de 18 en batterie à Saint-Jean-d'Acre : nous n'y avons jamais eu en notre possession une seule pièce de ce calibre.

part de l'officier Phélippeaux pour faire échouer le siége ?

Ce commandant de l'artillerie et du génie de la place d'Acre, avec la grosse et nombreuse artillerie dont il pouvait disposer, nous a-t-il démonté un seul de nos canons dans nos batteries de brèche?... Non. — A-t-il inondé les fossés de la place, qui probablement pouvaient l'être sans trop de difficultés, puisqu'ils communiquent à la mer à chaque extrémité des deux fronts, et que la plage en est très rase?... Non.—A-t-il, comme on le lit dans les mémoires du maréchal Berthier, éventé la mine, défait les châssis et comblé le puits de cette même mine, destinée à faire sauter la contrescarpe devant une brèche faite dans une des courtines, ce qui aurait fait renoncer à cette brèche ?..... Non ; car on n'a battu en brèche qu'une seule courtine, celle de l'Est, où l'on a donné les trois derniers assauts, et il n'a nullement été question d'y pratiquer une mine.

A-t-il, comme on le lit encore dans les mêmes Mémoires, chassé plusieurs fois de la tour, au moyen de *matières enflammées et d'eau bouillante*, nos grenadiers occupant les étages inférieurs de cette tour, que plus loin le général Berthier dit *avoir été ruinée?*... Non, non, mille fois non ! car la tour est restée debout ; elle n'a été nullement ébréchée ni par la mine, ni par le canon, et nos troupes ne l'ont jamais occupée, d'aucune manière, pas plus qu'elles n'ont pénétré dans la place sur aucun point !

Enfin, après nous avoir vu échouer dans tous nos assauts, n'ayant plus que notre artillerie de campagne à opposer à toute l'artillerie de la place et de l'escadre anglaise, M. Phélippeaux nous a-t-il forcé à lever le siége ?... Nullement. Depuis plus de quinze jours il n'avait pas même tenté de faire une sortie, et pas un seul homme n'est sorti de la place pour inquiéter notre retraite.

Qu'a donc fait le célèbre défenseur de la place d'Acre, qui ait véritablement arrêté la marche des Français devant cette place ?

Un fossé intérieur, avec retranchement, derrière le point attaqué !...

Ce moyen est très bon, très efficace ; ce n'était pas la première fois que l'expérience le prouvait ; mais le dernier des soldats de Djezzar l'aurait imaginé aussi bien que le capitaine Phélippeaux ; car on sait que derrière un retranchement, une masure, les Turcs savent se défendre avec avantage, ou au moins tiennent et résistent avec opiniâtreté. M. Phélippeaux le savait très bien, et il était certes bien loin de sa pensée de vouloir exposer les soldats de Djezzar, non plus que les marins anglais, aux chances d'un combat *corps à corps* avec nos soldats sur la brèche. Il savait très bien qu'un combat corps à corps serait pour nous une victoire assurée.

Combien donc ne doit-on pas être surpris en lisant dans les Mémoires du maréchal Berthier que nos troupes se sont battues corps à corps sur la brèche avec les assiégés ! En avançant un fait aussi inexact, le maréchal, ou plutôt son rédacteur n'a pas réfléchi qu'il allait contre son but. Pour cela j'en appelle à tous les militaires français : il n'est certainement pas nécessaire pour eux de s'être trouvés sous les murs de Saint-Jean-d'Acre, pour être persuadés que si nos soldats eussent pu combattre leur ennemi corps à corps sur la brèche, la place était à nous.

Il ressort donc bien évidemment de ces rapprochements et de nos réflexions, que les Mémoires du maréchal Berthier sur le siége de Saint-Jean-d'Acre, ne sont écrits pas plus à l'avantage bien entendu de l'armée, que dans le véritable intérêt historique ; que les moyens employés par les auxiliaires européens de Djezzar, pour la défense de cette place, y sont généralement et très inconsidérément exagérés, et qu'ils ne sont ainsi exagérés que pour avoir occasion d'exagérer en même temps le développement des moyens d'attaque, et en définitive pour couvrir des fautes multipliées, dans lesquelles une trop grande présomption, une inconcevable imprévoyance, ont fait tomber et fait persévérer jusqu'à la fin dans ce siége trop mémorable.

Les rapports officiels de M. le Commodore anglais, publiés dans quelques ouvrages, sur l'expédition d'Égypte, sont également et sur tous les points, contraires à la vérité. Par exemple : il n'est pas vrai que dans aucun de nos assauts nous ayons été repoussés *après un affreux carnage.* Ce sont les seuls obstacles matériels qui ont chaque fois fait rétrograder nos troupes ;

Il n'est pas vrai qu'une de nos colonnes ait franchi la brèche sans obstacle, par suite d'une feinte de Djezzar, et soit descendue du rempart dans le jardin du pacha, où elle aurait été en partie massacrée, et où le général Rambaud aurait été tué et le général Lannes blessé. On voit comme tous les faits sont dénaturés par M. le Commodore ;

Il est faux et archi-faux qu'on nous ait encloué quatre pièces de canon dans une sortie : pas une seule pièce d'artillerie n'a subi une semblable dégradation dans le siége d'Acre.

Quant à l'autorité que le Commodore anglais aurait prise dans la place, et à ses procédés envers l'armée ou des individus de l'armée; Quant à la conduite de Djezzar-pacha envers les prisonniers français et les chrétiens d'Acre, conduite qui serait tellement barbare, que l'odieux en retomberait sur le commodore, qui aurait pu y mettre un frein, comme il me serait aussi difficile d'infirmer ces faits que de les affirmer, je me bornerai à donner ici textuellement l'ordre du jour qui les portait à la connaissance de l'armée.

ORDRE DU JOUR

du 30 germinal.

Au quartier-général devant Acre, le 30 germinal an vii.

Le Général en chef au chef de l'état-major-général.

« Le Commandant de la croisière anglaise devant Acre, ayant eu la barbarie de faire embarquer, sur un bâtiment qui avait la peste, les prisonniers français faits sur les deux tartanes chargées de munitions qu'il a prises près de Caïffa;

« Dans la sortie qui a eu lieu le 18, des Anglais ayant été remarqués à la tête des Barbares, et le pavillon anglais ayant été au même instant arboré sur plusieurs tours de la place; la conduite féroce qu'ont tenue les assiégés, en coupant la tête à deux volontaires qui avaient été tués, doit être attribuée au commandant anglais, conduite si opposée aux honneurs que l'on a rendus aux officiers et soldats anglais trouvés sur le champ de bataille, et aux soins que l'on a eus des blessés et des prisonniers;

« Les Anglais étant ceux qui approvisionnent et défendent Acre, la conduite horrible de Djezzar, qui a fait étrangler et jeter à l'eau, les mains liées, plus de deux cents Chrétiens, naturels du pays, parmi lesquels se trouvait le secrétaire d'un consul français, doit également être attribuée à cet officier, puisque , par les circonstances , le Pacha se trouve entièrement sous sa dépendance;

« Cet officier refusant d'ailleurs d'exécuter aucun des articles du cartel d'échange établi entre les deux puissances, et ses propos, dans toutes les communications qui ont eu lieu, ses démarches , depuis le temps qu'il est en croisière, dénotant la conduite d'un fou , mon intention est que vous donniez les ordres aux différents commandants de la côte, pour qu'on cesse toute communication avec la flotte anglaise actuellement en croisière dans ces mers. »

BONAPARTE.

Le Général de division , chef de l'état-major-général de l'armée ,

Alex. BERTHIER.

SECTION III.

Retraite de Saint-Jean-d'Acre. — Blessés, malades. —Exagération des dangers de la peste. —La peur prédispose à cette maladie.— Pestiférés du Mont-Carmel, de Tentoura, de Jaffa. — Marche de l'armée; — On brûle les moissons. —Jactance du commodore anglais. — Grande chaleur dans le désert. — Moyen de s'y garantir de la soif. — La division Kléber se mutine. —Sage mesure de ce général. — L'armée prend du repos à El-Arisch: — Elle se réunit à Saléhièb; —Entrée triomphante au Caire.

Mai et juin 1799. — Prairial an VII.

Pendant le siége de Saint-Jean-d'Acre la ligne de communication de l'armée, sur ses derrières, était établie sur la côte; ses postes étaient Caïffa, Tentoura, Césaréc, Jaffa, Gaza. La retraite de l'armée eut lieu par cette même ligne. Les blessés avaient été évacués à l'avance sur Tentoura au moyen de quelques voitures des équipages militaires, et de tous les chevaux de selle des officiers et des employés de l'armée. Les blessés dont l'état de santé n'avait pas permis de les transporter ainsi, avaient été remis à leurs corps respectifs, et ils étaient portés sur des brancards.

A la naissance du jour, la division Kléber faisant l'arrière-garde, montait la côte du Carmel. Elle n'avait nulle-

ment été inquiétée dans sa retraite, et de cette position élevée , parfaitement en vue d'Acre, on pouvait juger alors
qu'il n'y avait aucun mouvement de troupes hors de la
place. Bonaparte qui, tandis que l'armée défilait, était
resté sur le revers du Mont-Carmel, s'étant ainsi assuré de
l'inaction de l'ennemi, se porta alors à la tête de la colonne.

L'ambulance de l'armée avait été, dès le principe, établie au couvent du Mont-Carmel ; mais par la suite on y
mit seulement les hommes attaqués de la peste.

Cette maladie n'avait point fait autant de ravages que
l'on s'est plu à le dire : nos médecins n'en étaient nullement effrayés ; ils étaient parfaitement fixés sur le traite-
ment à suivre , et ils guérissaient au moins les deux tiers
des malades. Il suffisait souvent d'être mis à temps entre
leurs mains pour échapper à la mort. On sait que le médecin en chef Desgenettes s'inocula la peste dans le but de
guérir les soldats de l'effroi qu'ils avaient de cette maladie.
Il n'en fut que légèrement indisposé. Il est vrai qu'il prit
immédiatement les moyens qu'il savait nécessaires pour combattre la maladie. On sait aussi que Bonaparte lui-même
donna également à cette occasion l'exemple de la confiance
et du courage, en visitant à Jaffa, après le siége et avant le
départ de l'armée pour Saint-Jean-d'Acre , nos soldats malades de la peste à l'hôpital. La *Peste de Jaffa* de Gros est
un tableau historique.

Il est certain que la peste , maladie éminemment inflam-
matoire , est endémique et particulière au climat de l'O-
rient ; et bien qu'elle soit contagieuse , néanmoins il a été
positivement reconnu que, dans tous les cas ordinaires, elle
ne se communiquait qu'autant que l'individu y était prédis-
posé. Or, plusieurs exemples ont démontré que la peur

seule de la peste prédisposait à cette maladie , et qu'il en était de même des excès en tous genres.

On peut , dans le premier cas , citer l'adjudant-général *Gresier*. Cet officier , nommé commandant supérieur à Jaffa , s'enferma chez lui aussitôt qu'il entendit parler de la peste ; il ne communiquait avec les personnes du dehors que par un guichet , ne rec vait ses lettres, les rapports journaliers de service, qu'après les avoir fait passer au vi naigre. Dès le surlendemain , il tombe malade avec tous les symptômes alarmants de la peste , et il meurt le troisième jour, malgré tous les secours de l'art.

Dans le second cas je citerai un domestique de l'adjudant-général *Fouler*. Cet homme, jeune et d'une parfaite santé, en apprenant la mort de son maître, tué au dernier assaut sur la brèche d'Acre , s'abandonne au plus grand désespoir ; ses camarades cherchant à le calmer , parviennent à lui faire boire deux petits verres d'eau-de-vie , qui , dans l'état d'exaltation où il se trouvait, l'enivrèrent promptement : douze heures après il était mort, son corps couvert de tumeurs noires évidemment gangréneuses et pestilentielles.

Je ne dirai pas que nos malades de la peste , réunis au couvent du *Mont-Carmel*, y furent laissés ; seulement je puis affirmer avoir vu des soldats de l'arrière-garde diriger leurs fusils et menacer de faire feu sur quelques-uns de leurs camarades qui descendaient le Mont pour rejoindre l'armée. J'ignore si ces hommes parvinrent plus tard à rentrer dans nos rangs.

La journée de *Caïffa* à *Tentoura* fut des plus pénibles : chaleur était excessive sur cette côte ; plusieurs blessés portés sur des brancards moururent en route; de ce nombre fut le général Bon. Quelques-uns étaient même aban-

donnés encore pleins de vie , tant les soldats qui les por-
taient étaient accablés par la chaleur et la fatigue. Le général Kléber faisait ramasser ces infortunés , et ils étaient
placés sur les voitures de sa division. Arrivés à *Tentoura* ,
on les mit sur des barques pour être transportés à Jaffa.

À *Tentoura* la plage est absolument rase : là deux pièces
de 24 et la caronade prise à Caïffa y furent enfouies dans
le sable à très peu de profondeur. La troisième pièce de 24
du siége d'*Acre* était tombée dans la rivière sous cette place
en passant le pont de Chevalets qui s'était affaissé, de manière que le canon avait glissé de sa voiture sans entraîner
celle-ci (1). Les autres bouches à feu du parc de l'armée
furent jetées à la mer, les affûts et caissons à munitions
furent brûlés ; enfin l'artillerie des divisions fut seule con-
servée.

Une mesure bien plus pénible fut encore prise à *Tentoura* : un certain nombre d'hommes malades de la peste ,
et dont l'état était absolument désespéré, y furent laissés. Les
autres malades et les blessés continuèrent à être portés sur
les voitures et les chevaux de selle des généraux et des officiers.

Le second jour l'armée passe la nuit à *Césarée*. Il ne
reste de cette ancienne ville que la citadelle d'une enceinte
circulaire , et dont les murs, d'une très belle construction,
ont de 12 à 15 mètres de hauteur, ce qui en fait une vaste
tour, ou casemate à ciel ouvert.

On trouve dans l'intérieur de cette citadelle, dont le pied
est baigné par les eaux de la mer, un puits d'une eau ex-
cellente. Ainsi il est entièrement taillé dans le roc et les
eaux de la mer ne s'y infiltrent point.

(1) Je suis le seul officier qui puisse parler de ce fait.

La ville couvrait la citadelle : elle était ceinte d'un fossé encore existant, très large et aussi sans doute très profond, si l'on en juge par la couleur de ses eaux et la grosseur des reptiles que l'on voit sur ses bords , couverts d'ailleurs d'énormes ruines et de roseaux.

Enfin l'armée arrive le 25 mai à Jaffa. Elle retrouve encore sur cette plage de sanglante mémoire , les squelettes épars des prisonniers que dans un affreux sang-froid elle a dû immoler à sa sûreté et à une politique imitée des barbares !

L'armée séjourne à Jaffa les 26, 27 et 28. Pendant ce temps on fait sauter les tours qui flanquent le mur d'enceinte de cette place ; on jette à la mer son artillerie ; on embarque pour Damiette les blessés et les malades qui ne peuvent point supporter la route; et, si l'on en croit la rumeur publique, pour ne pas livrer à la vengeance et à cette autre barbarie des Turcs , les pestiférés dont le transport est reconnu impraticable, soit à raison de leur état désespéré, soit parce que ce serait conduire avec soi le germe de la destruction, on administre à ces infortunés une forte dose d'opium !

En répétant ici un bruit alors généralement répandu dans l'armée, je dois ajouter que l'on n'avait point entendu parler qu'une pareille précaution eût été prise à Tentoura.

En quittant Jaffa, une partie de l'armée prend sa direction dans l'intérieur des terres ; et, dans le but de priver l'ennemi des ressources qu'il pourrait y trouver, on ruine les malheureux habitants de cette contrée en incendiant leurs tristes hameaux, en brûlant leurs chétives moissons, en enlevant leurs troupeaux , seule véritable propriété des peuples de la Syrie, la seule dont ils puissent effectivement disposer.

Cependant cette dévastation cesse d'avoir lieu sur le territoire de Gáza , car cette ville s'était constamment montrée favorable aux Français.

Il convient de revenir ici sur les rapports du Commodore anglais.

Cet officier annonce dans ses rapports officiels, que nous avons fait une retraite précipitée en levant le siége de Saint-Jean-d'Acre , et que nous avons laissé sous les murs de cette place 23 pièces d'artillerie. Ceci est de la plus grande fausseté : pas une seule pièce, pas un seul affût n'a été abandonné dans nos ouvrages du siége.

M. le Commodore prétend :

Que le plus grand désordre a régné dans notre retraite, et que la route entre Acre et Gaza était jonchée de nos cadavres ;

Que ses chaloupes canonnières suivaient et inquiétaient notre marche , et que quand nos troupes pénétraient dans le pays pour éviter le feu des chaloupes, elles étaient harcelées par les Arabes ; que dans cette extrémité une partie de notre arrière-garde se réfugia dans les chaloupes, et nos soldats en touchaient le pavillon avec des démonstrations de respect et d'union.

Toutes ces assertions , comme on le pense bien , sont fausses et archi-fausses! il serait presque inutile de le dire , tant elles sont, au moins pour la plupart, invraisemblables pour tout le monde.

Mais voici un passage bien plus fort ; il est trop curieux pour ne pas le rapporter textuellement. Il se trouve , de même que les deux précédents , dans le rapport du commodore daté de Jaffa le 30 mai 1799. Le voici :

« Deux mille hommes de cavalerie viennent d'être en-
« voyés pour arrêter l'arrière-garde française , et *j'espère*

« *moi-même* atteindre cette arrière-garde assez à temps
« pour profiter de son désordre. »

Il n'y eut jamais plus vraie, plus pitoyable fanfaronnade!
Notre arrière-garde, pas plus que notre avant-garde, n'eut
à repousser les attaques d'aucun parti, pas plus de cavalerie que d'infanterie ni de marine. Jamais retraite ne fut
moins inquiétée, ou plutôt ne fut laissée plus libre par l'inaction complète de l'ennemi. Du reste, M. le commodore
se serait bien gardé de se mettre à notre poursuite, comme
il prétend en avoir formé le projet, quand même il aurait
eu à commander *ses deux mille cavaliers*. Il savait très
bien comment il aurait été reçu.

L'armée traversa le désert à grandes journées, non dans
la crainte des deux mille cavaliers du Commodore anglais,
mais parce que sa présence en Égypte devenait nécessaire.
La chaleur, dans le désert, était alors excessive, et l'eau,
dans les puits, y était encore bien plus rare que dans le
printemps. Toutefois on en supportait bien plus facilement
la privation ; et d'ailleurs nous avions appris qu'un petit
caillou dans la bouche y entretenait la fraîcheur et éloignait la soif. Ceux qui surtout avaient eu la sage prévoyance de conserver la gourde ou le petit coco de l'Inde
rempli d'eau-de-vie, et qui, en même temps, étaient assez
modérés pour n'user de cette liqueur qu'en en humectant
la bouche trois à quatre fois par jour, ne souffraient jamais
de la soif, et, ce qui est plus remarquable encore, ils se
maintenaient dans un état de vigueur et de courage, que,
dans la circonstance et sous un ciel brûlant, n'aurait peut-
être pas donné une nourriture abondante.

L'armée, comme je viens de le dire, traversait le désert à
grandes journées, c'est-à-dire qu'elle marchait dès la pointe
du jour jusqu'au coucher du soleil, sans prendre d'autre re-

pos que quelques courtes haltes dans les endroits bas, où parfois l'on trouvait un air moins brûlant que sur les points élevés. Le sol, dans cette partie du désert, est très accidenté.

La division Kléber, qui continuait à faire l'arrière-garde, ayant un jour, vers le déclin du soleil, fait une de ces haltes dont nous venons de parler, les troupes, déjà très fatiguées, comptaient avoir terminé leur journée, et se préparaient à passer la nuit dans cet endroit, quand tout-à-coup les tambours annoncent la continuation de la marche. Mais soit détermination spontanée, soit complot prémédité, la troupe ne bouge pas, refuse de marcher au commandement qui en est fait, et l'on entend les imprécations les plus violentes contre le général en chef, sortir de tous les rangs. Un aide-de-camp de Kléber s'avance alors précipitamment sur les grenadiers, et commande la marche d'un ton et d'un geste menaçants; mais les baïonnettes s'abattent devant lui! On court aussitôt rendre compte de cet état de choses au général Kléber, qui déjà était en marche : « Laissez ces hommes tranquilles, laissez-les se « plaindre et maudire à leur aise; c'est le seul moyen qu'ils « aient de se soulager, il faut au moins le leur laisser ; « n'ayez pas même l'air de vous apercevoir qu'ils se muti- « nent ; ils viendront ensuite, bien certainement ; vous al- « lez voir ; marchons toujours. » On suivit les conseils du général, et peu après la division était en marche.

Tels étaient la prudence et le sang-froid du général Kléber, qui toutefois réunissait la fermeté à la sagesse, et dont la haute et belle stature, la noble figure, les manières franches et aisées inspiraient la confiance et imposaient éminemment tout à la fois le respect, l'amour et la crainte.

Arrivées à El-Arishc, les troupes y prirent deux jours de repos. On y laissa les malades et les blessés.

A Saléhiéh l'armée fit halte et séjourna trois jours. La division Kléber rentra ensuite dans le Delta ; les autres divisions se dirigèrent à petites journées sur le Caire.

Le 28 prairial, les troupes étaient réunies dans la plaine de la *Coubée*, en vue de cette cité. Il n'y avait plus dans l'armée aucun symptôme de peste : la commission sanitaire déclara immédiatement que le germe de la maladie, les miasmes pestilentiels avaient été dissipés, anéantis par l'intensité de 40 degrés de chaleur dans le désert ; et aussitôt on put embrasser ses camarades, ses amis restés en Égypte, jusque-là tenus à distance, et tous impatients d'apprendre s'ils retrouveraient d'anciens camarades, d'anciens amis.

Dès le lendemain le général Bonaparte, à la tête de sa petite armée de Syrie, monté sur un superbe coursier noir (1), richement caparaçonné, dont les grands dignitaires du Caire venaient de lui faire hommage, fit son entrée triomphante dans la capitale de l'Égypte, et par la porte dite *des Victoires* (Bab-el-Nasr), au milieu d'une foule immense.

Un nombre considérable de femmes, placées avec beaucoup d'ordre, en amphithéâtre, à droite et à gauche de la large rue de la porte des Victoires, et tenant à la main une palme qu'elles agitaient, faisaient retentir l'air d'un cri de joie tout particulier au pays.

Cette réunion extraordinaire d'un très grand nombre de femmes égyptiennes, toutes des premières familles, parmi lesquelles pas un seul homme, fut pour nous un spectacle aussi curieux que flatteur et inattendu. L'émotion était générale. Nous eûmes seulement à regretter, bien vivement,

(1) Ce cheval était tenu par le Mamelouck *Roustang*, qui lui-même faisait partie du *présent*, comme dépendant du coursier.

que le principe sévère de la décence orientale n'ait pas permis, dans cette circonstance extraordinaire, de mettre de
côté ce perfide et désagréable voile, qui nous cachait, sans
doute, tant de belles figures.

Tel est l'usage au Caire de recevoir un chef vainqueur
de ses ennemis. Cet usage, en un sens, n'était pas précisément applicable à l'armée de Syrie, puisque l'objet principal de l'expédition n'était pas rempli. Mais toutefois, l'armée avait triomphé de tous ses ennemis en rase campagne,
et certes ce triomphe était grand. Les Égyptiens avaient
pensé, au contraire, que nous succomberions, et que pas
un de nous ne rentrerait en Égypte. A leurs yeux notre
rentrée seule était donc un véritable triomphe.

FIN.

ERRATA.

Page 8, ligne 15 : Vernier ; *lisez* : Verdier.
 P. 22, l. 28 : Kerdonneh ; *lisez* : Kerdannéh.
 P. 23, l. 2 : *Idem.* *Idem.*
 P. 26, l. 25 : étaient ; *lisez* : étant.
 P. 46, l. 7 : des fautes ; *lisez* : les fautes.

TABLE DES MATIÈRES.

Pages.

RELATION DE LA CAMPAGNE DE SYRIE

Section I. Préparatifs de l'expédition 3
  Départ de l'armée,
  Itinéraire et situation dans le désert 7
  Attaque d'El-Arisch,
  Reddition du fort,
  Position avantageuse d'El-Arisch 11
  Fausse direction au départ d'El-Arisch,
  Surprise fortuite de nuit 12
  Ralliement de l'armée,
  Arrivée à Gaza 15

Section II. La Palestine. — Rhamley 17
  Attaque de Jaffa,
  Prise d'assaut de cette place 19
  Prisonniers de Jaffa 20
  Marche sur Saint-Jean-d'Acre 21
  Armée du pacha,
  Naplousains,
  Mont-Carmel 22
  Topographie d'Acre,
  Enceinte de la place,
  Siége d'Acre. — Première époque :
  Premier assaut 25
  Deuxième assaut 27
  Escadre anglaise 28

Pages.

Armée turque sur le Jourdain ,
Bataille du Mont-Thabor. 29
Arrivée d'un courrier de France.. 32
Mort du général Caffarelli.. 33
Deuxième époque du siége : Troisième assaut. . 35
Quatrième assaut. 37
Cinquième et dernier assaut. 39
Le cheick des Druses.. 40
Levée du siége. 41
Réflexions sur les opérations du siége. 42
Absence de toutes combinaisons dans les attaques ;
L'ex-officier d'artillerie française Phélippeaux ;
Son action dans la défense a été exagérée. 45
Le commodore anglais : ses rapports officiels. . . . 46

Section III. Retraite de Saint-Jean-d'Acre. 50
Blessés , malades ;
Exagération des dangers de la peste ,
La peur prédispose à cette maladie ,
Pestiférés du Mont-Carmel, de Tentoura , de Jaffa. 52
Marches de l'armée ;
On brûle les moissons ;
Jactance du commodore anglais. 54
Grande chaleur dans le désert ,
Moyen de s'y garantir de la soif ;
La division Kléber se mutine ;
Sage mesure de ce général. 56
L'armée prend du repos à El-Arisch :
Elle se réunit à Saléhieh ;
Entrée triomphante au Caire. 57

FIN DE LA TABLE.